청어詩人選 147

미쳐 미쳐

사랑 사랑 사랑 마지막 그 순간까지

우정태 노랫말 모음집 2

청어

미쳐 미쳐
-사랑 사랑 사랑 마지막 그 순간까지

우정태 지음

발 행 처 · 도서출판 **청어**
발 행 인 · 이영철
영　　업 · 이동호
홍　　보 · 최윤영
기　　획 · 천성래 | 이용희
편　　집 · 방세화 | 원신연
디 자 인 · 김바라 | 서경아
제작부장 · 공병한
인　　쇄 · 두리터

등　　록 · 1999년 5월 3일
(제321-3210000251001999000063호)

1판 1쇄 인쇄 · 2017년 2월 10일
1판 1쇄 발행 · 2017년 2월 20일

주소 · 서울특별시 서초구 효령로55길 45-8
대표전화 · 02-586-0477
팩시밀리 · 02-586-0478

홈페이지 · www.chungeobook.com
E-mail · ppi20@hanmail.net
ISBN · 979-11-5860-465-3 (03810)

이 도서의 국립중앙도서관 출판시도서목록(CIP)은 서지정보유통지원시스템 홈페이지
(http://seoji.nl.go.kr)와 국가자료공동목록시스템(http://www.nl.go.kr/kolisnet)
에서 이용하실 수 있습니다.(CIP제어번호: CIP2017001727)

미쳐 미쳐

 - 사랑 사랑 사랑 마지막 그 순간까지

　내가 인생을 살아가면서 가장 중요하게 여기는 것은, 나 자신이 해야 할 일을 찾아 하는 것과, 자신과 타인을 사랑하는 일이라 생각됩니다. 소중한 인생의 깊은 의미를 알기 위해서는, 오늘 하루를 어떻게 보냈는가에 따라 내 삶이 결정되며, 잠시라도 홀로 있는 공간에서 조용하게 차분히 자기만의 성찰에 시간이 필요합니다.

　우리 모두 각자가 아름다운 멋진 인생을 위해서는, 순간순간 즐거운 마음으로 뜨거운 열정을 당당하게, 열렬하게 품어 내야 한다는 것입니다. 하루하루 순수하고 즐겁게 스스로를 자신과 사회에 이바지하면, 나도 모르게 최고의 축복이 쏟아지는 영광을 누릴 수가 있습니다.

　우리들의 삶은 세상 모든 것과 연관되어 있어, 나의 행동 하나하나가 다른 모든 것들에게, 어떤 형태로든 크거나 작거나, 알거나 모르거나, 여러 가지 파동을 일으킨다는 사실입니다. 이 세상은 보이지 않는다고 없는 것도 아니고, 보인다고 있는 것도 아닙니다. 듣고 있어도 듣지 못하고, 들리지 않는다고 해서 듣지 않는 게 아닙니다. 사는 동안 우리는 각자의 세계를 무한정 키울 수 있는 각각의 광활한 우주의 또 다른 세계이기 때문입니다. 우리 모두는 하루하루 다정하고 명랑하게 바른 마음과 행동으로, 착하게 인생을 성실히 살아가야 한다는 것입니다.

모름지기 아름다운 세상을 만들기 위해서는, 온유하고 향기로운 좋은 사람들이 넘쳐 나야 합니다. 모든 사람들이 아무런 이유나 대가 없이, 선하고 착한 마음으로 있는 그대로를 바라보고, 자신을 이 지구에 널려있는 풀 한 포기, 한 마리의 나비라고 생각하시고, 세상에 잠시 홀로 왔다가는 삶이라고 다짐하며 살면, 좀 더 부드럽고 너그러운 모습이 되지 않을까요? 즉 욕심 없는 마음으로 편안하고 자연스럽게 살아가면, 하루하루가 즐겁고 신나는 충만한 삶으로, 꿈같이 흐르는 영혼의 달콤함을 맛보며, 오늘을 사랑하는 참되고 소중한 사람으로, 거듭 태어나는 참 행복을 만끽할 것입니다.

우리는 내가 가지고 있는 많은 것을 내려놓고 베풀 때, 바라보는 것마다 하는 일마다, 아름답고 신비로우며 풍요로운 신선한 기쁨이 뿌듯하게 흘러나옵니다. 행복은 찾으려고 노력하지 않아도 이미 사랑이 철철 넘쳐흐르면, 매일매일 상쾌한 축복의 에너지에 휘감겨, 지금 이 순간을 재미있는 축제의 삶으로 살게 되는 것입니다.

현재 우리나라가 정말 어렵고 어두운 힘든 시기에 직면해 있는데, 모두가 한뜻 한마음으로 일어서서 그릇된 국정

농단에 맞서야만, 새롭게 똑바로 나아갈 모태가 됩니다. 모두 모두 가슴을 활짝 펴고, 젊은이여 앞으로 전진합시다. 더 나은 미래를 위해서 근면하게 열심히 살고 있는 모든 사람들에게, 조금이나마 마음에 위안이 되고 위로가 되어, 잠시라도 한겨울의 난로처럼 따뜻하고, 잔잔한 웃음의 시간이 되길 소원하며, 더 큰 사랑과 더 큰 희망으로, 이 난국을 뚫고 모든 사람들이 진정 파란 하늘의 자유, 평등, 평화, 사랑, 행복이 넘실대는 아름다운 세계로의 꿈을 만들어가는, 참된 항해자가 되길 바라봅니다.

저와 직간접적으로 관련된 수많은 따뜻하고 소중한 분들에게, 매일매일 아주 달콤하고 즐거운 웃음꽃이 피어나는 기분 좋은 행운과 축복이 함께 하시길, 두 손 꼭꼭 모아 가슴으로 기도드립니다. 한 사람 한 사람 모두 정말 고맙고 감사하고 사랑합니다. 또한, 정말 좋아하고 사랑하는 가족들과 이선이 어머니, 그리고 고인이 되신 우종열 아버지께 이 책을 바칩니다.

항상 사랑에 초점을 맞추어 착하게 살자.
우정태

contents ....

4. 촛불 들고

5. 미쳐 미쳐

6. 시간을 멈추어

7. 세상에 최고

8. 갈매기의 꿈

1

Top

삶이 무어냐
그 누가 물어본다면
나도 모르게 답이 없다고
운명처럼 그곳엔 또 다른 세상뿐

북극성

내 가슴 뛰는 빛나는 이유
행복한 세상을 향한 미래일까
진짜 좋아한 매일 사랑한
서로 멋진 꿈에 모두가 같이 갈래

내 가슴 뛰는 별이 되는 법
뜨겁게 달려가자 저 길 끝에
닿을지 몰라 벽을 넘어서
봄날 찾아 간다 언제나 당당히

하늘 높이 멀리 날 수 있어
신비로운 꿈의 세계로
우리들이 갈 수 있는 나라
꿈을 향해 가슴 열고 나가

내 가슴 뛰는 빛나는 이유
행복한 세상을 향한 미래일까
진짜 좋아한 매일 사랑한
서로 멋진 꿈에 모두가 같이 갈래
서로 멋진 꿈에 모두가 같이 갈래

그리움

꿈을 꾸는 바달 몰라요
흔들리는 파돌 몰라요
그대가 정말 넘실거려요
이런 날은 너무 슬퍼요
그대 소리 들리면
그대 소리 닿으면
숨이 막혀
보고 싶은 내 맘 몰라요
쏟아지는 눈물 몰라요
그대가 정말 넘실거려요
이런 날은 너무 슬퍼요

승화

꿈이야 못 잊어
떠나가버린 그 사람
설령 거짓말이라 해도
함께 한 지 십삼 년
정말 사랑했잖아
후회하진 않을 거라고
오직 너만 위하는 것
행복이란 걸

옛사랑에 길이
영원토록 취하여라
난 잠 못 이루며
자꾸 뒤척이는 밤
그때가 그리워
미치도록 눈물 나
세상 어디 있든 네가 살아
너와 내가 바친 사랑
축복이란 걸

옛사랑에 길이
영원토록 취하여라
난 잠 못 이루며
자꾸 뒤척이는 밤

그때가 그리워
미치도록 눈물 나
세상 어디 있든 네가 살아
너와 내가 바친 사랑
축복이란 걸
너와 내가 바친 사랑
축복이란 걸

달려

술 한잔하며
인생을 논해
사는 것 정답 없어
영웅처럼 꿈꿔도
보지 못하며
아닌 줄 몰라
세상사 업어치기
절대 두려워 마라
산이 높아 험해도
못 오르는 산이 있나
겁이 많아도
눈물이 나도
봄날은 다시 온다
꿈과 함께 영원히

거센 눈보라
휘몰아쳐도
봄날은 다시 온다
꿈과 함께 영원히
산이 높아 험해도
못 오르는 산이 있나
흔들리지 마
멈춰서지 마

언제나 처음같이
평생 뜨겁게 달려
언제나 처음같이
평생 뜨겁게 달려

달려가

하얀 첫눈 내리는 이 밤
홀로 창밖 바라봐
난 어디서 왔는지 사는 것이 무언지
내 안에 숨겨 있는 의미를 찾아
알아보고 세상 밖으로
비가 오나 눈이 오나
아낌없이 내 사랑 위하여
결코 멈춰 서지 않아
단 한마음

달려가 달려가
이루고 싶은 세계 꽃필 수 있도록
수없이 쓰러져도
I don't cry 다시 시작할 것
내일을 위해
오늘 하루 최선을 다한다

단 한 번뿐인 인생 내 전부를 건다
자신 있게 늘 당당히 나 죽는 날까지

땅끝에서 우주까지 나만의 한계를 넘어
내 삶 내 길 내 꿈 향해 let's go

달려가 달려가
주먹을 불끈 쥐고서 오늘도 내일도
저 하늘 끝까지
힘차게 더 힘차게 간다면 간다

아무도 알아주지 못하더라도
아무리 힘들어도 나는 할 수 있다고
영원히 사랑이 넘치도록
후회가 없도록 내 자신 불태워

달려가 달려가
내 꿈 이룰 수 있도록 달려가 달려가
다 함께 웃으며 별이 돼
사랑하는 삶 꿈꾸며 산다
내가 할 수 있는 걸 다한다

Top

아~ 아~ 아~ oh 순간 순간
산다는 것은 무엇일까
매일 매일
내 자신을 깨닫는 걸까

누가 뭐래도
주인으로 사는 것

yeah I know I know
내가 원하는 건
나를 아는 것
난 할 수 있어
제 아무리 산이 높다 해도
한 걸음씩 어떻게 가야 할지를
내 길

삶이 무어냐
그 누가 물어본다면
나도 모르게 답이 없다고
운명처럼 그곳엔 또 다른 세상뿐
아무도 모르게 꿈이 있다고 yeah~

오직 오직 내 전부를 걸고 앞을 향해

내 안 내 안 저 깊은 내 맘 따라 항해

누가 뭐래도
주인으로 사는 것

oh you know you know you know
언제나 밝은 세상
첫 사랑처럼 그 설레임을 지키고파
더 큰 희망 내일 향해 한계를 넘어 영원토록

삶이 무어냐
그 누가 물어본다면
나도 모르게 답이 없다고
운명처럼 그곳엔 또 다른 세상뿐
아무도 모르게 꿈이 있다고
그 길 따라 그 길 따라
자신도 모르게 함께 간다고

삶이 무어냐
그 누가 물어본다면
나도 모르게 답이 없다고
운명처럼 그곳엔 또 다른 세상뿐
아무도 모르게 꿈이 있다고

별이 빛나는 밤

별이 빛나는
시월의 밤에

어둔 방 안 나 홀로
창밖 바라봐

그대 떠올라
생각에 빠져

잊지 못할 그 사람
깊어 가는데

죽어도 살아도
그대 향한 그리움

추억 따라서 맴돌아
내 님과 함께

죽어도 살아도
그대 향한 그리움

추억 따라서 맴돌아
내 님과 함께

2

너뿐이다

넌 누구일까 눈부셔 내겐
꽂혀서 보여 예고도 없이
따분한 일상에서 따스한 세상으로

둘만의 세상

오늘 또 다시 나 홀로
아름다운 너에게 가
만나서 안고 싶어
네 곁에서 살짝
이 밤에 난 말해 봐요
사이좋게 바라보며
좀 더 가까이 와
좀 더 가까이 와
언제나 함께 해요
자꾸만 웃어 봐요
사랑해 사랑해요
둘만의 세상 원해
아침부터 밤까지 다
우린 하나같아

처음 맘으로 똑같이
나비처럼 날아서 가
정말로 다정하게
하늘하늘 꿈꿔
이렇게 나 속삭여요
너만 보면 행복해요
좀 더 가까이 와
좀 더 가까이 와

언제나 함께 해요
자꾸만 웃어 봐요
사랑해 사랑해요
둘만의 세상 원해
처음부터 끝까지 다
너를 지켜줄게

언제나 함께 해요
자꾸만 꿈꿔 봐요
사랑해 사랑해요
둘만의 세상 원해
처음부터 끝까지 다
너를 지켜줄게

푸른 진주

찬란한 너 꽃 하나
숲속에 피었네
아무도 못가는 곳에
홀로 꿈을 꾸네

바람 불어 오면
바람을 따르고
구름이 머물다 가면
구름과 놀아 주네

세상이 무어냐
나에게 물으면
끝없는 예술같이
나만의 푸른 진주

사랑하는 사람

밤새도록 사랑하고 싶은 사람아
보고 싶어 미치도록 그댈 부르면
산이 높고 높아도
물이 깊고 깊어도
펄펄 날아 나는 가고파

oh 힘겨워도 그대 찾아 가리
자나 깨나 오직 그대일 뿐
바람 불어 오고 눈이 온다 해도
운명으로 나 살고파

영원토록 사랑하고 싶은 사람아
보고 싶어 미치도록 그댈 부르면
산이 높고 높아도
물이 깊고 깊어도
펄펄 날아 나는 가고파

넌 내꺼

해맑은 파란 하늘 눈부신 만남
달콤한 유혹처럼 다정한 느낌
사랑에 빠져서 네 눈빛 안으로
부드러운 입맞춤 너무 황홀해

지키고 싶은 내 맘 love love love
맨 처음부터 끝까지
내 가슴 찢어진대도
눈물 나게 애가 타도
난 변하지 않아 절대로
너밖에 보이지 않아 아아~
너밖에 보이지 않아 아아~

사랑 안의 세상 눈 멀어 귀 멀어
밤새도록 미치도록 네가 생각나
해가 가도 달이 가도
언제나 너만이 너무 좋아 행복해

지키고 싶은 내 맘 love love love
맨 처음부터 끝까지
내 가슴 찢어진대도
눈물 나게 애가 타도
난 변하지 않아 절대로

너밖에 보이지 않아 아아~
너밖에 보이지 않아 아아~

매일 수천 번 수만 번 하고 싶은 말
좋아해 사랑해 너만
영영 이 세상이 끝난다 해도
넌 넌 내꺼 넌 내꺼 넌 내꺼
영원히 단 둘이 함께하자고
우는 것 웃는 것 전부
같은 길을 같은 새 꿈을 꾼다
다 소중해 소중해 소중해

이 순간을 다 바쳐 love love love
너 하나만을 위하여 (내 사랑)
할 수 있는 나의 모든 것
널 위해 다하고 싶어 (내 사랑)
널 위해 다하고 싶어 (내 사랑 내 사랑)
널 위해 다하고 싶어 (내 사랑 내 사랑)
널 위해 다하고 싶어 (내 사랑 내 사랑) yeah yeah
널 위해 다하고 싶어

내일을 향해

내가 무얼 원한지
난 내가 누군지
어디로 가는 건지
미랠 알 순 없지만
내 맘 가는 대로
나아갈 꿈은 있어

내일을 향해 내일을 향해서
아름다운 내일을 향해
사는 날까지 가고 싶은 길로
하늘 높이 내 꿈을 쏜다

아무리 힘들다 해도
꼭 이겨낼 거야
모두가 할 수 있어
함께 이루어 가는 꿈
손에 손을 잡고
더 나은 더 밝은 곳으로
나아가

내일을 향해 내일을 향해서
아름다운 내일을 향해
사는 날까지 가고 싶은 길로

하늘 높이 내 꿈을 쏜다

내 상상의 나래를 펼쳐라 훨훨
상상의 나래를 펼쳐라 훨훨
상상의 나래를 펼쳐라 훨훨
가슴을 열어
결코 기다리지 마 바로 시작해
꽃이 피는 날까지

봄날은 온다 봄날은 온다고
천리 길도 한 걸음부터
낡은 나를 깨고
우리 원하는 세상
전하고 싶은 사랑의 나라 oh yeah

희망으로
희망으로
희망으로
다함께 간다

애심

그날처럼 네 품속에
안길 수가 있을까
영원히 같이 가야 하는데
어떡해야 좋을까
사랑해 정말 보고파
자나 깨나 그리워
삼백육십오일 너만 생각나
어떤 무슨 일이기에
단 한 번도 찾질 않나

그날처럼 네 품속에
안길 수가 있을까
영원히 같이 가야 하는데
어떡해야 좋을까
사랑해 정말 보고파
자나 깨나 그리워
삼백육십오일 너만 생각나
어떤 무슨 일이기에
단 한 번도 찾질 않나

사랑해 정말 보고파
자나 깨나 그리워
삼백육십오일 너만 생각나

어떤 무슨 일이기에
단 한 번도 찾질 않나

사랑의 인생

사랑을 주는 것
내가 바라본 길
그날부터 지금까지
내 꿈 찾아 가는 것
언제나 기분 좋게 나아가
아무리 힘들어도 피하지마
빈손으로 와서 빈손으로
떠나는 이 세상

백년을 살거나
천년을 꿈꿀까
남자 중의 남자의 꿈
시작부터 끝까지
만들지 못할 길은 없잖아
다시 태어나도
그 길 찾아서
사랑으로 살아가는 인생
달려 영원히

사랑한다면

사랑한다면
떠나지 말아

한 겨울을 이겨낸
꽃이 되리니

새 봄이 오면
설레는 세상

너무너무 즐거워
정말 행복해

울거나 웃거나
그대뿐인 내 사랑

오직 그대와 영원히
잠들고 싶어

그대와

그대와 둘이서 꽃길을 걸어요
두 눈을 맞추며 좋아라 웃어요
그대의 향기에 취하여 두둥실
함께하는 이 순간 정말 행복해

그대와 둘이서 손잡고 걸어요
한강을 보면서 노래를 불러요
포근한 그대가 눈부신 오늘
영원토록 하나로 우리 꿈을 꿔

혜원

혜원 보고 싶어 오늘도 너만을 기다려
혜원 잊을 수도 영영 지울 수도 없어

아 바보처럼 나는 아무것도 못해 매일 밤
뻥 뚫린 내 심장에
철철 피눈물이 흘러

혜원 죽을 만큼 너만 그리워 정말
혜원 영원토록 우리 꿈꿀 수 있나

아 바보처럼 나는 아무것도 못해 매일 밤
뻥 뚫린 내 심장에
철철 피눈물이 흘러

혜원 죽을 만큼 너만 그리워 정말
혜원 영원토록 우리 꿈꿀 수 있나

꿈을 향해

영웅같이 이겨내자
푸른 하늘 맘껏 품어보자
내 꿈 위한 그 길이 멀어도
운명이라고

영웅같이 앞장서자
하늘 앞에 부끄러움 없이
해낼 수 있어 당당히 나는
나아가자

대체 나는
무엇을 위하여
살아가는 걸까
매일같이
거친 세상 속에
지고 싶지 않아 난
비가 오나 눈이 오나
힘을 다해 나의 꿈을 찾아
정말 벅차도 멈추지 않아
영원토록

너뿐이다

오늘부터 천천히 부드럽게 시작해
지금부터 정말 너만을 바라봐
넌 누구일까 눈부셔 내겐
꽂혀서 보여 예고도 없이

학교를 졸업하고 너를 우연히 마주쳐 baby
눈치는 보지 말고 거 겁내지 말고서
그날에 널 본 순간 폭 빠져 버렸어
내 맘 어떡해 baby 당황해서 어지러워

웃으면서 웃으면서 꿈꾸면서
I want you 모두 다 I want you 모두 다
좋아해 널 좋아해 널 너무나 좋아해 널 정말 좋아해

nananna nannanna nanannannanna hay
nanananna nannanna nanannannanna hay
nanna nannanna nanannannanna hay
두근 두근 두근 자꾸 이상해

오늘부터 천천히 부드럽게 시작해
지금부터 정말 너만을 바라봐
아주 아주 조용히 달콤하게 사랑해
아주 아주 흠뻑 나만을 녹여줘

넌 누구일까 눈부셔 내겐
꽂혀서 보여 예고도 없이

따분한 일상에서 따스한 세상으로
아무리 힘이 들어도 함께 하고파
머리부터 발끝까지 매일매일 떠올라
보고 싶어서 baby 갖고 싶어서

웃으면서 웃으면서 꿈꾸면서
I want you 모두 다 I want you 모두 다
좋아해 널 좋아해 널 너무나 좋아해 널 정말 좋아해

nananna nannanna nanannannanna hay
nananna nannanna nanannannanna hay
nananna nannanna nanannannanna hay
두근 두근 두근 자꾸 이상해

아주 아주 조용히 달콤하게 사랑해
아주 아주 흠뻑 나만을 녹여줘

함께라면 향기로운 시간
둘이면 어디든 아름다운 공간

언제나 같이 걸어가
천년만년 같이 꿈을 꿔
정말 너뿐이고 정말 너뿐이다
자나 깨나 너밖에 너무 몰라
정말 너뿐이고 정말 너뿐이다
자나 깨나 너밖에 너무 몰라

nananna nannanna nanannannanna hay
nananna nannanna nanannannanna hay
nananna nannanna nanannannanna hay
두근 두근 두근 자꾸 이상해

오늘부터 천천히 부드럽게 시작해
지금부터 정말 너만을 바라봐
아주 아주 조용히 달콤하게 사랑해
아주 아주 흠뻑 나만을 녹여줘

헤어져도

헤어져도 자꾸 생각나는 그 사람
그리워서 꿈속에도 그댈 찾아가
길이 막혀 못 오나
목이 메어 못 오나
자나 깨나 나는 눈물 나

오 영원토록 나는 그대만을
운명으로 사랑하고 싶어
어느 누구 보다
죽을 만큼 좋아
처음처럼 널 사랑해

헤어져도 자꾸 생각나는 그 사람
그리워서 꿈속에도 그댈 찾아가
길이 막혀 못 오나
목이 메어 못 오나
자나 깨나 나는 눈물 나

생이별

어떤 이유로 나를 떠난지
알 수가 없어요 눈앞이 캄캄해
얼마나 사랑을 했던가
도대체 하나도 정신이 없어요

비가 오고 눈이 와도 나만을 위한다고
자나 깨나 사랑한다 끝없이 맹세만

너무나도 그대가 생각나
지독히 그리워 자꾸만 눈물만
미치도록 답답한 내 심정
아무리 애타도 어쩔 수 없어라

너무나도 그대가 생각나
지독히 얄미워 자꾸만 눈물만
미치도록 답답한 내 심정
아무리 애타도 어쩔 수 없어라

3

Honeymoon

정말 예쁜 그대와 둘이
부드러운 초콜릿 달콤함 초콜릿 달콤함
baby 뜨거운 햇살 너무 멋진 그대와 함께

나의 사랑

세상이 빛나 보여 참 멋져
내 맘이 자꾸 두근대
너만을 위한 시간 정말 기뻐요
결국 사랑이라고

같은 날에 꿈을 꾸듯 시간 보내고
팔 베게 하고선 노랠 불러
널 보면 더 큰 행복 하얀 설레임
가슴엔 단 한 사람 이런 날 안아 줄래요

내겐 유일한 달콤한 꽃
발끝에서 머리까지
한순간에도 우린 서로가 떨어질 수 없다
너밖에 볼 수 없단 말
자꾸 듣고 싶은 이쁜 말 babe
운명일까 나의 사랑

하루에도 수천 번 보고 싶어
난 너만을 원해요
함께 해주고 함께 가요
정말로 좋아해요

힘들어도 아파해도 지켜내고파
널 위한 세상을 살고 싶어

가슴이 말라가도 다시 웃는 날 있다는 걸 난 알아
이런 날 이해해 줘요

내겐 유일한 달콤한 꽃
발끝에서 머리까지
한순간에도 우린 서로가 떨어질 수 없다
너밖에 볼 수 없단 말
자꾸 듣고 싶은 이쁜 말 babe
운명일까 나의 사랑

로미오와 줄리엣처럼
채워질 수 없는 아쉬움
떠날 수 없는 우리
소중해 언제나 귀중해
널 불태우는 밤

내 꿈 피워낼 심장은 너
처음부터 지금까지
너만이 너무 너무 멋져 난
오직 너 너를 사랑해 oh babe
사랑해요 영원히 babe
운명일까 나의 사랑
나의 사랑

아카시아 피어 있는 길

아카시아 피어 있는 길
매일 그 거리를
단둘이 걸어가
싱그러운 꽃향기 맡으며
정다운 이야기
발길이 가벼워
울긋불긋 했던 우리
자꾸만 닮아가
비가 오나 바람 부나
언제나 소중해
아름다운 내 사랑 따뜻해
오늘 이 순간도
내 사랑 달콤해
별빛처럼 반짝인 너와 나
행복을 꿈꾸며
영원히 함께 해

울긋불긋 했던 우리
자꾸만 닮아가
비가 오나 바람 부나
언제나 소중해
아름다운 내 사랑 따뜻해
오늘 이 순간도

내 사랑 달콤해
별빛처럼 반짝인 너와 나
행복을 꿈꾸며
영원히 함께 해

눈을 뜨고

눈을 뜨고 바라보자
하늘 높이 날아올라 가자
네 꿈 위한 길이 멀어도
포기하지 마

눈을 뜨고 나아가자
가슴 깊이 불끈 주먹 쥐고
끝까지 뛰어 두렵지 않아
영원토록

넘어져도 네 안에 숨지 마
내일 향해 나가
당당하게 자신 있게 달려
네 길 따라 가는 것
후회 없이 사는 거야
거센 바람 불어 온다 해도
굽힐 줄 몰라 세상을 향해
죽더라도

넘어져도 네 안에 숨지 마
내일 향해 나가
당당하게 자신 있게 달려
네 길 따라 가는 것

후회 없이 사는 거야
거센 바람 불어 온다 해도
굽힐 줄 몰라 세상을 향해
죽더라도 죽더라도 죽더라도

비오는 날

비오는 날에 언제나
똑같은 집 앞 찾아가

홀로 불 켜진
여린 창문 훔쳐봐

밤새 집 주월 거닐어
나는 울컥 그날이
불쑥 생각나

둘이서 부른 노래
서롤 향한 마음
우리 둘만의
별빛 같은 속삭임
잊을 수 없어
그대를

흐르는 눈물 외로이
흔들리는 바람
떠날 수 없어 빗속에도
바라봐
미칠 것 같아
더욱 더

함께 했었던 모든 것들
생각나
죽을 것 같아
돌아와

사랑해

행복했어요 처음부터 우리 서로 빠져가는 날들이
보고 또 보고 나 사랑하냐고 자꾸 물어도 보고

그날부터 내 안에 또 다른 나라고 느꼈죠
가까이 아주 더 가까이
언제나 눈빛으로 얘길 나눴죠
하루가 따뜻하고 매일 매일 고마움만

더 이상 바랄 것이 없었죠
사소함도 실수도 너무 너무 소중해
세상 끝이 난다 해도 두렵지가 않아
그대가 정말 내 곁에

갖고 싶어요 머리부터 발끝까지 설레던 그 느낌
혼자 돼보니 나 알 수 있어요 내 맘 속에 큰 사랑

아시나요 불안한 마음을 초조한 하루를
널 볼 수 없는 내 두 눈을
정말 미치도록 아파 괴로워
가슴은 미어지고 자꾸 무너져 눈물 나

미안해 화만 내서 미안해
하나에서 열까지 이해 못해 한심해

어떡해요 어떡해요 견딜 수가 없어
아무리 술을 마셔도

그대 그리워 너무나 그리워
두 눈 맞춰 영원토록 함께 바라볼 수 있다면

이 세상 더할 기쁨 없어요
둘이 하는 모든 것 하나하나 행복해
같은 길을 같은 꿈을 하루 만이라도
사랑해 정말 사랑해

Top secret

내가 하고 싶은 것
꼭 가야 하는 길
어떻게 살 것인가
무얼 해야 하는지
앞을 볼 수 없어
인생은 길고 짧아

원하는 대로
원하는 대로는
보지 못한 저 너머 세상
그곳을 찾아
한 점 부끄럼 없이
영원토록 내 꿈을 쏜다

모두가 아니라 해도
나답게 나아가
웃으며 하는 거야
길은 만들어 가는 것
꼭 해야 할 내 꿈
더 멀리 더 높이 날아가
당당히

원하는 대로

원하는 대로는
보지 못한 저 너머 세상
그곳을 찾아
한 점 부끄럼 없이
영원토록 내 꿈을 쏜다

내 청춘아 야망을 품어라 높이
청춘아 야망을 품어라 멀리
청춘아 야망을 품어라 넓게
태양은 뜬다
승리하는 날까지
물러서지 마
오직 한마음으로

내일을 위해
내일을 위해서
후회 없이 오늘을 산다
망설이지 말아
내가 만드는 무대
이루고 싶은 사랑의 나라 oh yeah
희망으로 하나 된 나
자신 있게 내 길을 간다

사랑만 주소서

너와 나 운명 너와 나 축복
손에 손잡고 그 누구보다
사랑을 하니까 제발
사랑만 주소서

이 세상 웃도록 매일 첫사랑
서로가 한마음
우리 둘이 정말
좋아하니까 제발
사랑만 주소서

삶에 새 날이 한가득
강물 모여 바다 되듯
봄에 꽃이 피듯이
활짝 피는 내 사랑

바로바로 너야 오늘 이 순간
나는 행복해 사랑해 정말
너만이 전부야 영영
사랑만 주소서
사랑만 주소서

사랑 따라서

사랑할수록
너무 소중해

한번 사는 이 세상
오직 당신뿐

가슴이 뛰어
내 님이 좋아

자나 깨나 언제나
사랑 안에서

더 깊이 더 높이
오늘 지금 이 순간

당신 따라서 영원히
꿈꾸고 싶어

더 깊이 더 높이
오늘 지금 이 순간

당신 따라서 영원히
꿈꾸고 싶어

너와 나

너와 나 둘이서 찻집에 가네요
다정한 불빛과 노래가 들려요
네 곁에 앉아서 두 눈이 웃어요
우리만의 속삭임 자꾸 떨려와

너와 나 둘이서 창밖을 보네요
달콤한 이 밤에 흰 눈이 내려요
사랑이 쌓이는 정겨운 시간
함께 하는 이 세상 우린 춤을 춰

천국의 문

그대 그대 그대여
내 곁으로 오렴

그 누가 뭐라 말해도
다 다 내려놓아

사랑 안에 피는 천국
둘이서 만들어

그 시작은 미약해도
망설이지 말아

그대 그대 그대여
내 곁으로 오렴

아무리 힘이 들어도
두 손 잡고 나가

함께 열어가는 세상
두려울 것 없어

행복 찾아 영원토록
아껴 주고 싶어

못 잊어

못 잊어 그대 못 견뎌 정말
너무 보고 싶어
눈물이 흘러 얼굴이 빨개
밤새도록 잠 못 들어

아~ 돌아와 돌아와 비가 온다 해도
매일 같이 울고 웃고파
죽도록 죽도록 그대가 좋아 그대가 좋아
언제나 함께 언제나 원해
사랑만을 꿈꾸는 대로

~~~~~~~~~

못 잊어 그대 못 잊어 정말 못 잊어 그대 영영
이 밤이 아파 이 밤이 슬퍼 밤새도록 잠 못 들어

아~ 돌아와 돌아와 비가 온다 해도
매일 같이 울고 웃고파
죽도록 죽도록 그대가 좋아 그대가 좋아
언제나 함께 언제나 원해
사랑만을 꿈꾸는 대로

아~ 돌아와 돌아와 비가 온다 해도

매일 같이 울고 웃고파
죽도록 죽도록 그대가 좋아 그대가 좋아
언제나 함께 언제나 원해
사랑만을 꿈꾸는 대로

멈출 수 없는 사랑

나 홀딱 빠진 거야
너 하나만 소중해
그 누가 뭐라 말해도
너만을 좋아해

비바람이 불어도
너와 함께 걸어가
언제나 두 손을 잡고
하늘 높이 날아가

나 흠뻑 꿈꿀 거야
처음부터 끝까지
나는 있는 그대로
정말 너만을 사랑해

Honeymoon

이 시간 새로운 출발과 짜릿한 가슴 깊은 포옹
힘껏 부케 던지며 손을 흔들어 love
빛나는 결혼식 내 맘 두근 두근대
친구들 배웅 받으며 나아가

baby 오늘은 기쁨이어라 오 행복이여 즐거워
이 세상 다 좋아라 마법에 빠진 날
let's go 내 꿈을 싣고
가슴을 다 펴고 노래를 부르면서
춤을 추며 신나게 날아가
정말 예쁜 그대와 둘이
부드러운 초콜릿 달콤함 초콜릿 달콤함
baby 뜨거운 햇살 너무 멋진 그대와 함께

oh 은은한 달빛 아래서 아무리 봐도 또 보고파
눈부신 그대 다 소중해
oh 이 밤 빠져가는 두 눈 첫 입맞춤은 간지러워
해맑은 웃음 속삭임 그대만 사랑한다고

baby 오늘은 기쁨이어라 오 행복이여 즐거워
이 세상 다 좋아라 마법에 빠진 날
let's go 내 꿈을 싣고
가슴을 다 열고 노래를 부르면서

춤을 추며 신나게 날아가
정말 예쁜 그대와 둘이
아름다운 허니문 실낙원 허니문 실낙원
baby 시원한 바다 발끝부터 머리끝까지

여린 음악이 흐르고 우리 둘만의 칵테일
바라보는 그 모습 그대로
참을 수가 없는 내 사랑
지금 이 순간이 바로 파라다이스
우리 하나 되어 꽃피우자
let's go 내 꿈을 싣고
가슴을 다 열고 노래를 부르면서
춤을 추며 신나게 날아가
정말 예쁜 그대와 둘이
부드러운 초콜릿 달콤함 초콜릿 달콤함
baby 뜨거운 햇살 너무 멋진 그대와 함께
부드러운 초콜릿 달콤함 초콜릿 달콤함
baby 뜨거운 햇살 너무 멋진 그대와 함께

baby 오늘은 기쁨이어라 oh 행복이여 즐거워
이 세상 다 좋아라 마법에 빠진 날
let's go 내 꿈을 싣고
가슴을 다 열고 노래를 부르면서

춤을 추며 신나게 날아가
정말 예쁜 그대와 둘이
아름다운 허니문 실낙원 허니문 실낙원
baby 시원한 바다 발끝부터 머리끝까지

사랑의 길

내 꿈이 뛰는 곳
이젠 알고 있어
하루하루 힘들어도
앞을 향해 나아가
세상에 아파해도 언제나
최선을 다해 내 꿈 찾아가
누구라도 해낼 수가 있어
오늘도 내일도

운명을 넘어서
열정을 믿을까
사랑의 길 이 생의 끝
행복으로 사는 것
비바람 분다 해도 앞으로
외줄 타는 인생
터널 끝으로
세상 앞에 내 꿈 따라 정말
사랑 심어줘

4

촛불 들고

촛불 들고 나아가자
한결같이 푸른 하늘 찾아
미랠 위한 길이 멀어도
흔들리지 마

촛불 들고

촛불 들고 나아가자
한결같이 푸른 하늘 찾아
미랠 위한 길이 멀어도
흔들리지 마

촛불 들고 바꿔보자
부조리한 세상 당당하게
아무리 힘이 든다고 해도
영원토록

일어서자 앞으로 다 함께
밝은 나라 향해
불길같이 자유롭게 날아
우주 멀리 똑바로
한번 사는 우리 인생
천둥 치고 폭풍 인다 해도
굴하지 않아 내일을 위해
죽더라도

첫사랑

바라볼 때 자꾸만
얼굴이 붉어져
가슴이 왜 이리 뛸까
정녕 그대 원해

이런 내 맘 알까
두근대 이상해
나는야 사랑이라고
첨부터 너무 좋아

오직 나 그대만
너무나 그리워
이 밤에 잠 못 들어
죽도록 보고 싶어

길을 떠나요

꿈만 같아요 운명 같아요
영원토록 둘만의 길을 떠나요
우리 사이엔 꿈이 설레요
거센 바람 불어도 활짝 웃어요
낮이나 밤이나 기쁘고 슬퍼도
하늘 높이 그대가 천국처럼 좋아요
너무 멋져요 정말 소중해
예쁜 사랑 타고서 길을 떠나요
예쁜 사랑 타고서 길을 떠나요
예쁜 사랑 타고서 길을 떠나요
길을 떠나요

길

어떻게 사는 게 옳은 건지
어떤 길 가야 되는 건지
너무 캄캄해 너무 답답해
내 모든 걸 내려놓고 선
내 안에 또 다른 날 깨운다
여태 잠자던 내 자신 내 모든 것

이 세상을 사는 데는
내 사랑 흘러 넘쳐야
이것도 좋아 저것도 좋아
오늘도 내일도 좋다
그 누구나 갈 수 없는
내 꿈을 따라간다
힘겨워도 눈물 나도

두 주먹을 불끈 쥐어
언제나 한눈 팔지 않아
하다보면 되는 것 꼭 가고자 하는 삶
바래 앞만 보고 뛰어 세상 벽을 넘어서
꼭 이뤄야 하는 길
oh~oh oh~oh oh~oh
꼭 이뤄야 하는 길

한 번뿐인 인생이기에
살아 숨 쉬는 그날까지
즐기며 살자 웃으며 가자

두려워 마 멈추지 마
끝까지 할 수 있다고
내 맘에 따라 내 색에 따라
더 나은 사랑을 위해
시작부터 맨 끝까지
원하는 꿈을 향해
외로워도 괴로워도

내 속이 타들어 가도 죽도록 가슴 아파와도
나의 한곌 뚫고 가 내 가슴이 뛰는 곳
그 길 향해 달려 나가
세상 벽을 넘어서 꼭 이뤄야 하는 길
oh~oh oh~oh oh~oh
꼭 이뤄야 하는 길 oh~oh oh~oh
꼭 가는 길 oh~oh oh~oh 꼭 이뤄야 하는 길

내 길 내 길 내 길 내 길 내 길
내 속이 타들어 가도 죽도록 가슴 아파와도
나의 한곌 뚫고 가 내 가슴이 뛰는 곳

그 길 향해 달려 나가
세상 벽을 넘어서 꼭 이뤄야 하는 길
oh~oh oh~oh oh~oh
꼭 이뤄야 하는 길 oh~oh oh~oh 꼭 가는 길
oh~oh oh~oh 꼭 이뤄야 하는 길

내 사랑 달콤해

향기로운 이 느낌 황홀해
지금 이 순간도
내 사랑 달콤해
두 눈으로 정다운 이야기
내 맘에 안기며
이 밤이 행복해

그대 따라 웃는 세상
서로가 닮아가네
우리 함께 타는 가슴
서로가 좋은 걸

아름다운 네 모습 찬란해
그 누가 뭐래도
내 사랑 따뜻해
햇살같이 떠오른 추억들
내 맘을 흔들며
언제나 소중해

머리부터 발끝까지
자꾸만 너무 좋아
자나 깨나 죽을 만큼
정말로 사랑해

향기로운 이 느낌 황홀해
지금 이 순간도
내 사랑 달콤해
두 눈으로 정다운 이야기
내 맘에 안기며
이 밤이 행복해

그대 생각

달빛 환한 밤하늘
그대 모습 떠올라

잠은 안 오고 생각 할수록
그대 그리워 보고파

홀로 술 한잔 그대가 몰려와
밤새도록 외로워

저 달이 슬퍼 보여
그~대
가깝고도 먼 얼굴

달콤했던 날이여
아침부터 밤까지

거릴 걸으며 커피 마시며
아주 재미난 이야기

영화를 보며 노래 부르고
매일 같이 하는 말

사랑해 좋아해 오직

그~대
나의 사랑 네 곁에

처음부터 끝까지
사랑하는 사람아

잠 못 드는 밤
일분일초라도
잊지 못할 그대여

삶이 다하는 날 손잡고 하늘로
자나 깨나 영원히

내 삶이 속일지라도
그~대
운명처럼 꿈꿔요

고향산천

흙에 살리라
정다운 마을

아름다운 산과들
멋진 풍경에

사람이 좋아
고향이 좋아

짝사랑에 울던 나
옆집 아가씨

그리워 외로워
노을 익는 산마루

부엉이 우는 강촌에
잠들고 싶어

그리워 외로워
노을 익는 산마루

부엉이 우는 강촌에
잠들고 싶어

5

미쳐 미쳐

미쳐 미쳐 cool하게 사랑에 완전 미쳐
미쳐 미쳐 hot하게 미쳐가 섹시미
미쳐 미쳐 cool하게 사랑에 완전 미쳐
미쳐 미쳐 hot하게 미쳐가 섹시미

고향 생각

남쪽나라 내 고향 생각나
달이 뜬 이 밤에
너무나 그리워
개구쟁이 정겨운 친구들
자꾸만 보고파
너무나 그리워

굳은살이 박인 세상
일 년 가도 십 년 가도
잠 못 드는 슬픈 도시
숱한 그 사연아

자나 깨나 오가던 마을 길
눈 익은 산과 강
부르고 불러봐
아름다운 수많은 옛 추억
뛰놀던 그 시절
너무나 그리워

굳은살이 박인 세상
일 년 가도 십 년 가도
잠 못 드는 슬픈 도시
숱한 그 사연아

자나 깨나 오가던 마을 길
눈 익은 산과 강
부르고 불러봐
아름다운 수많은 옛 추억
뛰놀던 그 시절
너무나 그리워

우리

우리 서로 말없이
정말 힘들어

우리 서로 벗어나
그만 끝내요

이 밤 잠 못 자
홀로 우는 가슴

그대 생각나
너무 그리워

헤어지니 보고파
내게 돌아와

그대 너무 소중해
영영 사랑해

인연

우리가 어떻게 만난 지 몰라요
처음엔 모른 채 지나쳐 갔지요
시간이 흐르고 흘러서 알았죠
그대만이 이 세상 정말 최고야

우리가 어떻게 만난 지 몰라요
어느 날 갑자기 마주쳐 반했죠
내 눈에 당신만 빛나는 순간
함께 걷는 이 발길 너무 행복해

그대

그대 그대 영원히
나에게로 와요
이 밤을 속삭여 주면
난 난 너무 좋아
이 세상에 하나뿐인
내 사랑 그대여
봄바람이 불어오면
날아가고 싶어

그대 그대 영원히
나에게로 와요
이 밤을 속삭여 주면
난 난 너무 좋아
영원토록 죽을 만큼
그대를 사랑해
하늘 아래 자나 깨나
그대 너무 좋아

생일날

나 흠뻑 꿈꿀 거야
네 집으로 가는 길
자꾸만 너무 좋아서
너만이 보고파

휘파람을 불면서
웃으면서 걸어가
왼손에 케이크를 들고
오른손에 꽃다발

넌 깜짝 놀랄 거야
만날 약속 없는데
나는 오늘 신나게
너를 찾아서 갑니다

나 당신을 좋아해

나 당신을 좋아해
정말 함께 있고파
누가 뭐라고 해도
고운 가슴
그대 손길 따라 가리니
하얀 봄바람 불어서 오면
꽃이 피고 나는 좋아
예쁜 사랑 안고 영원토록
우리 춤추며 살고파
그대 가는 곳마다
꽃길이거니
신의 축복 같아

나 당신을 사랑해
바다 깊이 풍덩 빠져서
누가 뭐라고 해도
진짜 좋아해
그대 손길 따라 가리니
하얀 봄바람 불어서 오면
꽃이 피고 나는 좋아
예쁜 사랑 안고 영원토록
우리 춤추며 살고파
그대 가는 곳마다

꽃길이거니
신의 축복 같아

천국

흐르는 세월 앞에
내 사랑이 웃어

하늘 아래 그대
영원토록

아프나
슬프나
서로만

꿈꾸었던
세상은 좋아

영영

영영 내 곁에 정말 사랑해
앉으나 서나 꿈꾸고 싶어
영영 원해요 그대 손끝에
죽으나 사나 잠들고 싶어
바람이 불고 천둥이 쳐도
억겁의 인연 영원히 그대
영영 원해요 그대 손끝에
죽으나 사나 잠들고 싶어

도와줘요

나 어떻게 사나 눈물뿐인 이별에
제 정신이 아니야 나는
나는 아무 것도 하기 싫어
내 모든 것 첫 사랑
잊지 못해 답답해 나는
정말 이런 내가 미치겠어
누가 나를 좀 잡아줘
구해줘 제발 찾아줘 그댈

죽을 것만 같아 숨도 쉴 수 없어
가시같이 박힌 가슴 아픈 사랑
잊을 수가 없어 운명 같은 그댈
정말 보고 싶어 다시 만날 그날을
도와줘요 도와줘요 도와줘요 도와줘요

그대 없는 이 세상 점점 더 불안해 난
다른 생각 다른 맘 몰라 몰라
항상 곁에 있고파 행복했던 옛 추억
다시 찾고 싶어 나는 나는
정말 이런 내가 미치겠어
그대 제발 좀 돌아와
좋아해 오직 사랑해 그댈

죽을 것만 같아 숨도 쉴 수 없어
가시같이 박힌 가슴 아픈 사랑
잊을 수가 없어 운명 같은 그댈
정말 보고 싶어 다시 만날 그날을
도와줘요 도와줘요 도와줘요 도와줘요
도와줘요 도와줘요 도와줘요 도와줘요
woo 도와줘요 yeah yeah

나 어떻게 사나 눈물뿐인 이별에
제 정신이 아니야 나는
죽을 것만 같아 숨도 쉴 수 없어
가시같이 박힌 가슴 아픈 사랑
멈출 수가 없어 운명 같은 그댈
정말 보고 싶어 다시 만날 그날을
도와줘요 도와줘요 도와줘요 도와줘요
도와줘요 도와줘요 도와줘요 도와줘요
나 어떻게 사나 눈물뿐인 이별에
제 정신이 아니야 나는

다이어트

내 얼굴 살쪘어 (right) 난 당황스러워 (come on)
이전 옷이 안 맞아 다른 옷이 필요해 (crazy)
헤어지잔 말에 (oh no)
천둥같이 놀라서
유혹에 혹한 나 달리기 시작해

죽어라 달리면 안 될 거 없어 babe
하면 된다고 주문 외우며 달려가
나는 괜찮아 이젠 자신 있어 난
예뻐지는 날까지 정말 하나하나 이룰 것
나는 괜찮아 이젠 자신 있어 난

아무도 모르게 (what) 하루하루 날씬해 (oh my god)
저 하늘 높이로 날아가 난
내 스스로의 싸움뿐 매일매일 달라져 난 (right)
하루하루 눈부셔 자꾸만 더

죽어라 달리면 안 될 거 없어 babe
하면 된다고 주문 외우며 달려가
나는 괜찮아 이젠 자신 있어 난
예뻐지는 날까지 정말 하나하나 이룰 것
나는 괜찮아 이젠 자신 있어 난

더욱 더 빛나 지금 훨씬 더 멋져 몰라보게 (hey)
오직 나를 키울래
더욱 더 빛나 지금 훨씬 더 멋져 몰라보게 (hey)
오직 나를 키울래

이젠 아름다운 모습 비춰 줄래 (oh yeah)
네가 알던 내가 아냐 너무 좋아 난 (right right)
널 위해 잘 낫 다는 자존심 따윈 버렸어
실컷 웃어 보일래 나를 찾아와 (come on boy)
네 손 내밀어 예쁘게 난 변해왔어
나를 안고 쓰러지고 싶을 거란 말
너만을 사랑해 oh 너만 좋아 oh 너만 좋아

죽어라 달리면 안 될 거 없어 babe
하면 된다고 주문 외우며 달려가
나는 괜찮아 이젠 자신 있어 난
예뻐지는 날까지 정말 하나하나 이룰 것
나는 괜찮아 이젠 자신 있어 난

겁낼 것 없어 더욱 더 빛날래 (hey)
오직 나를 키워 babe
겁낼 거 없어 더욱 더 빛날래 (hey)
오직 나를 키워 babe

사랑해 널

그 여름 빗속 첫사랑하고
팔짱을 끼고 난 걸어 가
비바람 불어와
온몸이 젖어도
언제나 함께한 너를 위해

생명수 같은 한 푼만 있어도 널 위해 쓸래
하늘이 나에게 준 넌 선물 인물 oh baby 오직

난 너라서 기뻐
가슴을 열고 매일 내게로
너라서 너니까 기뻐
두렵지 않아 무섭지 않아

니가 착해서 (좋아) 난 wooh~~
너무 예뻐서 (좋아) 난 oh~~
니가 착해서 (좋아) 난 wooh~~
너무 예뻐서 (좋아) 난 oh~~
사랑해 널 사랑해 널

아무리 힘들어도 아무리 아파도
언제나 너밖에 없잖아
힘을 내 힘을 내
괜찮아 한마디

넌 나를 지탱하는 세상인 걸

넘치는 웃음 내 사랑 보여 줄래
늘 행복으로 (yeah yeah)
그 누구보다 너무 소중하니까 (넌)
너만이 최고

난 너라서 기뻐
가슴을 열고 매일 내게로
너라서 너니까 기뻐
두렵지 않아 무섭지 않아

니가 착해서 (좋아) 난 wooh~~
너무 예뻐서 (좋아) 난 oh~~
니가 착해서 (좋아) 난 wooh~~
너무 예뻐서 (좋아) 난 oh~~
사랑해 널 사랑해 널 사랑해 널 널 사랑해 널 널

난 너라서 기뻐
가슴을 열고 매일 내게로
너라서 너니까 기뻐
두렵지 않아 무섭지 않아
사랑해 널 사랑해 널 사랑해 널

나니까

기죽지마 내 꿈을 펼쳐 뼛속부터 우주까지
준비완료 웃으며 즐겨 무대 위에 올라가

처음에는 힘들어도 기적은 꼭 이뤄질 것
내 스스로 사는 하루 내 인생의 최고의 날

두려워 말아 망설이지 마 지금 이 순간을 사는 거야
미지의 세계 두 발 아래야 또 다른 세상을 만들어가
꿈꾸는 세상

겁먹지 마 모든 건 내 탓 당당하게 나아가자
천리 길도 한 걸음부터 지금부터 시작해

아침부터 저녁까지 매일 매일이 신세계
심장이 터지도록 내 삶을 살아갈 뿐

두려워 말아 망설이지 마 지금 이 순간을 사는 거야
미지의 세계 두발 아래야 또 다른 세상을 만들어가
꿈꾸는 세상

거센 폭풍이 몰려와도 나의 한곌 넘어서
꿈은 반드시 이뤄진다 할 수 있어 난 나니까

외로워 말아 후회하지 마 나만의 느낌을 믿는 거야
가슴을 열어 내 맘에 맞춰 당당히 신나게 사는 거야
흔들리지 마 물러서지 마 내일은 내일의 해가 뜬다
가슴을 열어 내 맘에 맞춰 당당히 신나게 사는 거야
행복한 인생

내 사랑

어느 누가 내 사랑 꿈꿀까
이 세상 끝나는
그 순간까지도
내 심장이 떨리는 사람아
너만을 켜놓고
잠들고 싶어라
한 번 사는 우리 인생
너만을 꽃 피우리
매일 나는 너를 위해
이 생명 바치리
어느 누가 내 사랑 꿈꿀까
이 세상 끝나는
그 순간까지도
내 심장이 떨리는 사람아
너만을 켜놓고
잠들고 싶어라

한 번 사는 우리 인생
너만을 꽃 피우리
매일 나는 너를 위해
이 생명 바치리
어느 누가 내 사랑 꿈꿀까
이 세상 끝나는

그 순간까지도
내 심장이 떨리는 사람아
너만을 켜놓고
잠들고 싶어라

미쳐 미쳐

미쳐 미쳐 cool하게 사랑에 완전 미쳐
미쳐 미쳐 hot하게 미쳐가 섹시미
미쳐 미쳐 cool하게 사랑에 완전 미쳐
미쳐 미쳐 hot하게 미쳐가 섹시미 미쳐 미쳐 미쳐,

안 나오면 쳐들어간다~ 안 나오면 쳐들어간다~
될 때까지 손들 때까지
안 나오면 쳐들어간다~ 안 나오면 쳐들어간다~

hay hay 이젠 아무것도 할 수 없단 말, 거짓말 wow
wow!
살얼음 벌판 똑바로 봐

나만의 자기 사기 대기 돌고 도는 세상
나만의 꾼으로 살아간다 배탈 날 때까지

놀랍도록 play! play! 흥이 나도록 play! play!
뛰어 또 뛰어 신나게 돌아 놀아 춤춰 go go

나만의 무기 위기 투기 위아래인 세상
나만의 꿈으로 휘날린다 죽더라도

미쳐 미쳐 cool하게 사랑에 완전 미쳐

미쳐 미쳐 hot하게 미쳐가 섹시미
미쳐 미쳐 cool하게 사랑에 완전 미쳐
미쳐 미쳐 hot하게 미쳐가 섹시미

안 나오면 쳐들어간다~ 안 나오면 쳐들어간다~
될 때까지 손들 때까지
안 나오면 쳐들어간다~ 안 나오면 쳐들어간다~

oh oh 덤빌 테면 덤벼라 사람이면 사람답게
쇠뿔도 단김에 빼라 배를 띄우고 닻을 올려

나만의 진기 명기 인기 불태우는 세상
세상의 법으로 달려간다 날아갈 때까지

놀랍도록 play play! 흥이 나도록 play play!
뛰어 또 뛰어 신나게 돌아 놀아 춤춰 go go

나만의 여기 저기 거기 즐겨보는 세상
나만의 달콤함 꽃 피운다 우리 모두

미쳐 미쳐 cool하게 사랑에 완전 미쳐
미쳐 미쳐 hot하게 미쳐가 섹시미
미쳐 미쳐 cool하게 사랑에 완전 미쳐

미쳐 미쳐 hot하게 미쳐가 섹시미

안 나오면 쳐들어간다~ 안 나오면 쳐들어간다~
될 대 까지 손들 때까지
안 나오면 쳐들어간다~ 안 나오면 쳐들어간다~

미쳐 미쳐 cool하게 사랑에 완전 미쳐
미쳐 미쳐 hot하게 미쳐가 섹시미
미쳐 미쳐 cool하게 사랑에 완전 미쳐
미쳐 미쳐 hot하게 미쳐가 섹시미

6
시간을 멈추어

난 항상 그대만 숨을 쉬
복잡한 일상 웃으며 발맞춰 함께 걸어 가
바라볼 때에 즐거움 하얀 실루엣

월광

달이 뜨는 날
떠나간 님아

아무 말도 못하고
얼굴 붉히네

가슴이 아파
눈물이 흘러

떠오르는 그 추억
가는 세월에

미운 정 고운 정
그대 향한 내 사랑

나도 모르게 맴돌아
저 달과 함께

미운 정 고운 정
그대 향한 내 사랑

나도 모르게 맴돌아
저 달과 함께

너만을 사랑해

나 살짝 말할 거야
너 하나만 좋아해
아무리 감추려 해도
너만을 바라봐

봄바람이 불어와
너와 함께 걸어가
언제나 두 손을 잡고
하늘 높이 날아가

나 홀딱 빠진 거야
미치도록 소중해
나는 있는 그대로
정말 너만을 사랑해

나쁜 남자

(불안해 말아)
능청 떨지 말아 힐끗 속도 모르면
잘난 체 빼기는 말투 기분 엿 같아
좋다면 좋다 말하지 호박씨 까나
작업인데 난 몰라 봤어 별 놈도 아닌데

이 순간 바로 심장을 깨워
홀딱 빠지면 난 블랙홀
얼레벌레 넘어가지 말아 이 밤
날 껴안아봐 날 껴안아봐 (what)
날 껴안아봐 날 껴안아봐 (what)
불안해 말아

날 갖고 놀아 슬쩍 난 미치겠어
oh 난 정말 울고 싶어 고갤 못 들어
아니꼽게 꿀꿀해
사랑이 뭔지
끝이 날 때 끝나더라도
너만이 완전 대박

이 순간 바로 심장을 깨워 홀딱 빠지면 난 블랙홀
얼레벌레 넘어가지 말아 이 밤
날 껴안아봐 날 껴안아봐
날 껴안아봐 날 껴안아봐

one 참을 수가 없어 two 미쳐 돌아버려
three 이젠 어쩔 수 없어 four oh no

널 볼수록 설레어와
얼어버려 자꾸 반해 버려
시작부터 끝까지 good good good 텅 빈 말
사랑한다는 거짓말
일어나서 늘 잠들 때까지
영원히 난 너뿐야
날 위한다는 그 흔한 그 말
아무리 그래도 난 싫으면 다 그만
남자란 이유로 한눈 팔 지마
아무리 그래도 난 싫으면 다 그만
남자란 이유로 한눈 팔지마

이 순간 바로 심장을 깨워 홀딱 빠지면 난 블랙홀
얼레벌레 넘어가지 말아 이 밤
날 껴안아봐 (yeah yeah) 날 (oh yeah)
날 껴안아봐 날(ah yeah) 날 껴안아봐 (oh~)
불안해 말아

what? oh no, why

꿈을 품고

꿈을 품고 바라보자
어릴 적에 꿈꾸었던 세상
길이 멀고 험하다고 해도
포기란 없어

꿈을 품고 나아가자
뜬구름에 휩쓸리지 말아
비바람 불고 눈보라 쳐도
내 꿈 찾아

내 맘 깊이 언제나 당당히
파란 하늘 향해
영원토록 자신 있게 달려
운명처럼 똑바로
산을 넘고 물을 건너
가슴 뛰는 그 길 따라 나가
우린 영원히 그곳을 찾아
날아가자

내 맘 깊이 언제나 당당히
파란 하늘 향해
영원토록 자신 있게 달려
운명처럼 똑바로

산을 넘고 물을 건너
가슴 뛰는 그 길 따라 나가
우린 영원히 그곳을 찾아
날아가자 날아가자 날아가자

안녕

꽃이 핀 거릴
걸어가다 울~컥 그대 보고 싶어
나도 모르게 불~쑥 떠오르는 사람
날 몹시 사랑한 연~인 보고 싶을 때엔
먼 산 바라봐

안녕 안녕 슬픈 그대
안녕 난 다시는 웃을 일 없어
없어

그대 없는 이 밤
밖에 별들만 총~총 새들도 잠든 시간
가슴 빈자린 눈~물 내 맘 깊은 그곳
그저 정말 잘 지~내 보고 싶을 때엔
언제나 더 잘살아

안녕 안녕 슬픈 그대
안녕 난 다시는 웃을 일 없어
(안녕 안녕)
aaahhh
(안녕 안녕) aaahhh (안녕 안녕 안녕 안녕)
aaahhh
(안녕 안녕) aaahhh (안녕 안녕)

aaahhh
(안녕 안녕)

안녕 안녕 슬픈 그대
안녕 난 다시는 웃을 일
없어
(다시는 웃을 일 없어)
(다시는 웃을 일 없어)
(안녕 안녕)
없어 (안녕 안녕)
(다시는 웃을 일 없어) (안녕 안녕)
(다시는 웃을 일 없어) (안녕 안녕)
없어
(안녕 안녕) 없어

짝사랑

yo listen 저 여자 말야 참 예쁘지
oh 나도 모르게 눈이 가
이봐 네가 보기에 어때 와우 wonderful beautiful

끝내줘 (무슨 말이 필요해)
밤새 꿈인지 생신지, (난 너만 보여)
아무리 귀여워도 아무리 잘난 여자도
내 맘을 훔칠 수 없었는데
참 이상해 어떻게 돼 버렸나 ah 수상해

사랑에 빠졌는지 아예 숨도 못 쉬 난 짜릿 짜릿해

그녀가 한 발 두 발 내 곁에 걸어 올 때에
내 가슴 심장소리 자꾸 더 뛰어
이 세상 멈춰서 한 발짝도 떼지 못해
난 멍하게도 아무 말도 아무 소리 못해 얼어버려 난

널 꿈꿔 널 꿈꿔 널 꿈꿔 널 꿈꿔

웃을 때 마다 새로워 너무 기뻐서 내 멋대로 준비된 넌
신데렐라
도도한 여자 시크해 까칠한 멋쟁이 넌 볼수록 찰진 예쁜
girl

널 기다리는 세상 너무 향기로워 난 중독돼 있어

그녀가 한 발 두 발 내 곁에 걸어 올 때에
내 가슴 심장소리 자꾸 더 뛰어
이 세상 멈춰서 한 발짝도 떼지 못해
난 멍하게도 아무 말도 아무 소리 못해 얼어버려 난

아침에 일어나서 잠이 들 때까지 너 하나만 바래

오늘도 내일도 난 오로지 너만을 위해
눈물 나더라도 가슴 아파도
너만을 내 사랑해 너만을 내 사랑해

비바람 불어와도 언제나 다가가 하고 싶은 말
정말로 네가 좋아 너만 좋아해
이렇게 저렇게 정말 녹여 주고 싶어
있는 그대로 머리부터 발끝까지 너만 정말 사랑해

답답해 답답해 답답해 답답해

비련

못 잊을 사람아 나는 나는 어떡해
쉽게 안녕이라 말 못해

바람아 불어라 그대 향한 그리움
이 밤이 가기 전 해뜨기 전에

못 잊을 사람아 나는 나는 어떡해
오늘도 두 눈에 그대 휘날려

사랑에 빠졌던 그때 그날처럼
시간아 멈춰라 그대로

운명아 비켜라 내 길을 갈 거야
그대만 바라봐 영원토록

죽도록 좋아해 너무나 사랑해
그대와 꿈꾸며 살고 싶어

그대 내게

그대 내게 다가와 내 맘 떨려와
그대 너무 눈부셔 이 밤 달콤해
우리 춤을 춰 자나 깨나 좋아
함께 꿈꾸는 세상 원해요
처음부터 끝까지 정말 좋아해
그대 내게 노래해 너무 사랑해

그대 내게 다가와 내 맘 떨려와
그대 너무 눈부셔 이 밤 달콤해
우리 춤을 춰 자나 깨나 좋아
함께 꿈꾸는 세상 원해요
처음부터 끝까지 정말 좋아해
그대 내게 노래해 너무 사랑해

우리 춤을 춰 자나 깨나 좋아
함께 꿈꾸는 세상 원해요
처음부터 끝까지 정말 좋아해
그대 내게 노래해 너무 사랑해

영원히

당신 때문에 너무 행복해
앉으나 서나 울고 웃어도
당신 따라서 살고 싶어요
영원히 우리 사랑을 해요
저 멀리 가도 가까이와도
비바람 부나 눈보라 치나
당신 따라서 살고 싶어요
영원히 우리 사랑을 해요

당신 따라서 살고 싶어요
영원히 우리 사랑을 해요
저 멀리 가도 가까이와도
비바람 부나 눈보라 치나
당신 따라서 살고 싶어요
영원히 우리 사랑을 해요

꽃 중의 꽃

꽃 중의 꽃 내 사랑
예쁘게 피었네
보기만 해도 좋아
아름다운 얼굴
하늘 아래 정말
너만이 최고야
눈 오나 바람 불어도
서로가 서로 아낀다
이대로 너와 나
언제나 한마음
앉으나 서나 우리
영원히 사랑하자

아픈 곳을 향하여

한곌 넘어 나아가자
수천 번을 넘어진다 해도
후회 없이 내 길을 가리
죽는 날까지
한곌 넘어 당당하게
운명 앞에 도망치지 마라
언제까지나 어디에 서나
할 수 있어

하늘 높이 아무리 숨차도
무릎 꿇지 않아
내 맘 깊이 밝은 태양으로
아픈 곳을 향하여
산을 넘고 물을 건너
사랑 끝에 서서 보는 세상
꿈을 꾸는 한 못할 것 없어
영원토록

하늘 높이 아무리 숨차도
무릎 꿇지 않아
내 맘 깊이 밝은 태양으로
아픈 곳을 향하여
산을 넘고 물을 건너

사랑 끝에 서서 보는 세상
꿈을 꾸는 한 못할 것 없어
영원토록 영원토록 영원토록

시간을 멈추어

시간을 얼려 멈춰 세울 수 있을까
그때 빛나는 추억 속으로
하루 종일 예쁜 미소 띠우며
넘치는 간지러운 얘기

메마른 세상에서 내 맘에 커가는 그댈 봐
달콤함에 빠져서 내 안에 뿌리 내린다
언제나 네 곁에 있고파

난 항상 그대만 숨을 쉬
복잡한 일상 웃으며 발맞춰 함께 걸어 가

매일 그대와 같이 춤추고파
하늘 높이 가슴 깊이 사랑해

난 항상 그대만 숨을 쉬
복잡한 일상 웃으며 발맞춰 함께 걸어 가
바라볼 때에 즐거움 하얀 실루엣
그대만을 너무 너무나 사랑해
그대만을 너무 너무나 사랑해

누구보다 그댈 지나치게 좋아해
처음부터 맨 끝까지 다

자나 깨나 영원토록 그대만
미치도록 목메어 난

죽을 만큼 생각나
나 홀로 잠 못 드는 밤
아무 일도 없듯이 돌아갈 수 있을까
너무도 익숙한 기억들

언제쯤 새 날이 올까
못 지킨 약속
못 다했던 얘기 다시 나눌까

꿈이 있다면 그것은 언제나
그대만을 지켜 주고 싶을 뿐

난 항상 그대만 숨을 쉬
복잡한 일상 웃으며 발맞춰 함께 걸어 가
바라볼 때에 즐거움 하얀 실루엣
그대만을 너무 너무나 사랑해
그대만을 너무 너무나 사랑해

내 사랑아

내 곁에 다가와 내 곁에
한 발 두 발 아주 천천히
아주 천천히
가만히 가만히 오세요
자나 깨나 나에게로
그대 다정하게
내 사랑아
높이 높이 날아서
좋아 그대가 좋아
몰래 몰래 정말 나도 몰래
가만히 가만히 오세요
자나 깨나 나에게로
그대 다정하게
내 사랑아

가만히 가만히 오세요
자나 깨나 나에게로
그대 다정하게
내 사랑아
높이 높이 날아서
좋아 그대가 좋아
몰래 몰래 정말 나도 몰래
가만히 가만히 오세요

자나 깨나 나에게로
그대 다정하게
내 사랑아

우리끼리

바다의 사나이 단둘이 만나요
술 한잔 마시고 달맞이 가네요
좋으면 좋다고 신나게 웃어줘
별빛처럼 눈부셔 이 밤 최고야

가로수 아래서 단둘이 만나요
차 한잔 마시고 꽃구경 가네요
영원히 나는야 당신의 여자
우리끼리 재밌게 세상 즐겨요

7
세상에 최고

너와 처음으로 키스 하던 날
너만이 세상에 최고 정말 날아갈 것 같아
너라는 사랑 안으로 난 너에게 퐁당 빠졌어

세상에 최고

수많은 사람 중에 내 인연은 어디
우연일까 필연일까 정답은 없다
해 뜨고 해 져도 별 보며 달 보며
손잡고 발맞추던 저녁 그 거리

널 처음으로 키스하던 날
너만이 세상에 최고 정말 날아갈 것 같아
너라는 사랑 안으로 난 너에게 퐁당 빠졌어
너만이 세상에 최고 woo~
너만이 세상에 최고 woo~

우리 함께 해서 얼마나 신난지
매일 숨 막히게 태우는 속삭임
꿈을 꾸는 것만 같아
죽을 만큼 좋아 참을 수가 없어 난

널 좋아한다 사랑한단 말
너만이 세상에 최고 정말 날아갈 것 같아
너라는 사랑 안으로 난 너에게 퐁당 빠졌어
너만이 세상에 최고 woo~
너만이 세상에 최고 woo~

세상 누구도 부럽지 않아 언제나

서로가 하나 된 눈빛
눈이 와도 비가 내려도 좋아
소 소중해 소중해 소중해
매일 밤 황홀한 하얀 거짓말
영원히 너만이 전부
너무 좋아 말이 없어도 좋아
다 달콤해 달콤해 달콤해

좋아한다 사랑한단 말
너만이 세상에 최고 정말 날아갈 것 같아
너라는 사랑 안으로 난 너에게 퐁당 빠졌어
너만이 세상에 최고 woo~ 내 사랑
너만이 세상에 최고 woo~ 내 사랑 내 사랑 oh~
너만이 세상에 최고 woo~

함께 걷는 길

너를 따라 웃으며 까만 두 눈을 보네
처음부터 다정히 대해주는 포근한 너
언제나 난 너만을 바라고 지켜줄래
바람 불어도 가슴 깊이 발맞춰 나가리

둘이 같이 가는 길 꽃이 피어 있는 길
노래하며 걷는 길 두 손 잡고 걸어가
춤을 추며 웃는 길 너와 내가 똑같아
아름다운 너와 나 햇살보다 찬란해

함께 하는 이 세상 난 난 가슴이 뛰어
나도 몰래 뜨거워 밤새도록 빠졌어
하늘 아래 끝까지 영원토록 사랑해
그 누가 뭐라 해도 죽을 만큼 좋아해

눈 내리는 밤에

눈 내리는 밤 쓸쓸한 거리
홀로 걷는 이 세상
불어온 바람
내 얼굴 스치며 하얀 외로움
자꾸 날려 와 그대 생각나
눈을 맞으며

사랑한다고 다정히
말해 놓고 나도 몰래 떠나가
아무 말도 없이
나를 울리고서
숨이 막히게 멀어져간 사람
영영 뒷모습만

영영

영영 원해요 그대 사랑해
웃을 수 없어 날 울리지마
정말 보고파 그대 좋아해
정신이 팔려 미칠 것 같아
잊으려 해도 그대만 보여
그리워하며 기다려 보며
영영 꿈꿔요 그대 내 곁에
영원히 우리 손잡고 가요

잊으려 해도 그대만 보여
그리워하며 기다려 보며
영영 꿈꿔요 그대 내 곁에
영원히 우리 손잡고 가요

무한 사랑

나 흠뻑 꿈꿀 거야 널 바라만 보아도
설레는 황홀한 느낌 감출 수 없어라
자나 깨나 눈부셔 미치도록 좋아해
다정히 두 손을 잡고 둘이 걸어가고파
나 흠뻑 꿈꿀 거야 거센 바람 불어도
나는 오직 너만을 정말 너무나 사랑해

나 활짝 웃을 거야 아무 말도 못해도
자꾸만 내 맘이 설레 너만을 원할 뿐
하루에도 수천 번 죽을 만큼 생각나
영원히 한마음으로 함께 날아가고파
나 활짝 웃을 거야 누가 뭐라 말해도
나는 오직 너만을 정말 너무나 사랑해

서로

서로 두 눈 보네
가까이 아주 사이좋게
친구 같은 친구로
운명인지 나 정말 몰라

서로 같이 웃네
언제나 널 위한 마음
같은 꿈에 닮아가
힘들어도 둘만이 좋아

낮이나 밤이나
웃거나 울어도
영원토록 자나 깨나
사랑하며 살래

세상이 두려워도 정말
두 손 잡고 걸어가
다정하게 아주 행복하게

낮이나 밤이나
웃거나 울어도
영원토록 자나 깨나
사랑하며 살래

세상이 두려워도 정말
두 손 잡고 걸어가
다정하게 아주 행복하게
너무나도 사랑해 너를

당신

생각할수록
참 좋은 당신

가슴 깊이 빠져서
너무 사랑해

앉으나 서나
내 맘이 좋아

하늘만큼 영원히
정말 소중해

기쁘나 슬프나
우리 같이 걸어가

세상 끝까지 한마음
당신과 함께

기쁘나 슬프나
우리 같이 걸어가

세상 끝까지 한마음
당신과 함께

8

갈매기의 꿈

나의 인생이니까 나니까
수평선 저 끝 너머에 나만의 궁
때론 숨이 차도 그날을 위하여

돌아오라고

돌아오라고 돌아오라고
애를 태워 봐도 아무리 외쳐도
그댄 잘 몰라

내 심장 터진 이별
울다 지친 난 잠이 들었어
그댈 꿈꾸어 봐도 난 슬펐어

좋아해 그대여 uh-oh uh-oh
내 맘 누가 알까 uh-oh uh-oh
oh 사랑해 그대여 uh-oh uh-oh
어떡해 나 이젠 uh-oh uh-oh

uh-oh uh-oh

매일 기다려요
속절없이 불러대는 그 이름
아무리 밀쳐도
너밖에 없어

너무나 보고파 uh-oh uh-oh
참을 수가 없어 uh-oh uh-oh
oh 너무나 그리워 uh-oh uh-oh

견딜 수가 없어 uh-oh uh-oh
너무나 보고파 uh-oh uh-oh
oh 너무나 그리워

죽을 만큼 떠올라
미쳐 버릴 것 같아
끝도 없이 눈물 나 미련일까

너무나 보고파 uh-oh uh-oh
참을 수가 없어 uh-oh uh-oh
oh 너무나 그리워 uh-oh uh-oh
견딜 수가 없어 uh-oh uh-oh

uh-oh uh-oh uh-oh uh-oh
uh-oh uh-oh uh-oh uh-oh

파도야

파도야 파도야 어쩌란 말이냐
매일같이 자나 깨나
그대 너무 보고파

바람아 바람아 대신 말해다오
그대 맘을 얻으려면
어떡해야 좋을까

하늘아 하늘아 제발 좀 도와줘
슬프거나 아프거나
우리 사랑 지켜줘

그대여 그대여 내 사랑 받아줘
바람 불고 눈이 와도
있는 모습 그대로

파도야 파도야 어쩌란 말이냐
매일같이 자나 깨나
그대 너무 보고파

바람아 바람아 대신 말해다오
그대 맘을 얻으려면
어떡해야 좋을까

애인

천지간에 빠져든 운명
아무리 애를 써도
우리 피할 수가 없잖아
나를 다시 돌려놔

너무 사랑해
말해줘 영영 괜찮다고
자나 깨나
미치도록 너만을 원해

난 어쩌나 난 난 어쩌나
널 너무 좋아하잖아
내 가슴 타들어가
밤새도록 안아줘

난 어쩌나 난 난 어쩌나
혼자서 울고 있잖아
바보처럼 너만 찾아
내 사랑 돌아와줘요

하루 빨리 다가와 제발
그 누가 뭐라 해도
너를 잊을 수가 없잖아

오직 나를 채워줘

너무 사랑해
말해줘 영영 괜찮다고
자나 깨나
미치도록 너만을 원해

난 어쩌나 난 난 어쩌나
널 너무 좋아하잖아
내 가슴 타들어가
밤새도록 안아줘

난 어쩌나 난 난 어쩌나
혼자서 울고 있잖아
바보처럼 너만 찾아
내 사랑 돌아와줘요
난 어쩌나 난 난 어쩌나
널 너무 좋아하잖아
내 가슴 타들어가
밤새도록 안아줘

난 어쩌나 난 난 어쩌나
혼자서 울고 있잖아

바보처럼 너만 찾아
내 사랑 돌아와줘요

에베레스트

정상에 가는 것
매일 주문 외워
할 수 있어 갈 수 있어
아름다운 곳으로
뜨겁게 자신 있게 나아가
흘러가는 삶 나를 불태워
힘들어도 멈춰 서지 않아
앞으로 당당히

닿을 수 있을까
저 멀리 희망봉
내 맘의 길 행복의 끝
천국 찾아 가리라
열리지 않는 길은 없잖아
꿈이 있는 세상
크게 생각해
거센 바람 불어온다 해도
나가자 똑바로

석별

눈이 오는 밤
가로등 아래

떠나가는 입맞춤
젖은 눈길을

그대는 몰라
정말로 몰라

오늘 밤이 지나면
어이 할 거나

불러도 불러도
대답 없는 내 사랑

돌릴 수 없는 이 발길
저만치 가네

불러도 불러도
대답 없는 내 사랑

돌릴 수 없는 이 발길
저만치 가네

샬랄라

진실로 우~리 정말 잘 웃어요
영원히 우~리 항상 같이 걸어요
하나로 우~리 바라보는 이 세상
그대만 들려 난 그대만 보여
행복해 내 사랑

그대 없이는 숨 쉴 수가 없어
매일 내게로 날아와 줘요
그대 없이는 잠들 수가 없어
매일 내게로 살며시 다가와요

진실로 우~리 너무 똑같아요
영원히 우~리 영영 함께 할 거야
하나로 우~리 불러보는 이 노래
그대만 들려 난 그대만 보여
행복해 내 사랑

샬랄라 샬랄라 우리 샬랄라
샬랄라 샬랄라 샬랄랄라라

샬랄라 샬랄라 우리 샬랄라
샬랄라 샬랄라 샬랄랄라라

샬랄라 샬랄라 우리 샬랄라
샬랄라 샬랄라 샬랄랄라라

갈매기의 꿈

높이 나는 새가 멀리 본다
저 넓은 하늘 날아서 가는 법
아무런 막힘없이
하얀 구름 위로

내가 무얼 바라는지 귀 기울여 봐
해내고 싶은 것 작은 것부터
망설이지 말아 매일 시작해

정말 멈추지 마 가고 싶은 길
살아있는 날까지 가장 신나는 세상

정말 멈추지 마 내가 꾸는 꿈
더 큰 무댈 향해 우리 저 높은 곳으로
저 높은 곳으로

나의 인생이니까 나니까
수평선 저 끝 너머에 나만의 궁
때론 숨이 차도 그날을 위하여 우워

흔들리지 않아 바위처럼
비가 와도 눈이 와도
수천 번 넘어져도

무릎 꿇지 않아

정말 멈추지 마 가고 싶은 길
살아있는 날까지
가장 신나는 세상

정말 멈추지 마 내가 꾸는 꿈
더 큰 무댈 향해 우리 저 높은 곳으로
저 높은 곳으로
뜨워워워워 뜨워워워워 뜨워워워워
저 높은 곳으로

내가 보지 못한 또 다른 세상 yeah
난 아직도 너무 목말라 해 yeah
내 가슴 뛰는 삶을 위하여 wooow
뜨겁게 나아가

한 번 사는 삶 후회는 없어
내 갈 길을 갈뿐 누가 뭐라 해도
한 번 사는 삶 나는 나일뿐
내 맘 내 길 따라 점점 더 나은 곳으로
더 나은 곳으로
뜨워워워워 뜨워워워워 뜨워워워워

한 번 사는 삶 나는 나일뿐
내 맘 내 길 따라 점점 더 나은 곳으로
더 나은 곳으로

"

삶이 무어냐
그 누가 물어본다면
나도 모르게 답이 없다고
운명처럼 그곳엔 또 다른 세상뿐
아무도 모르게 꿈이 있다고
그 길 따라 그 길 따라
자신도 모르게 함께 간다고

"

미쳐 미쳐